"十四五"国家重点图书出版规划项目
2021 年广东省委宣传部主题出版重点出版物项目

第一书记

任 杰 胡 滨 著

广东高等教育出版社
Guangdong Higher Education Press
· 广州 ·

图书在版编目（CIP）数据

第一书记 / 任杰，胡滨著. —广州：广东高等教育出版社，2022.10
ISBN 978 – 7– 5361 – 7323 – 1

Ⅰ．①第…　Ⅱ．①任…②胡…　Ⅲ．①报告文学 – 中国 – 当代
Ⅳ．①I25

中国版本图书馆CIP数据核字（2022）第174673号

DI-YI SHUJI

出版发行	**广东高等教育出版社** 地址：广州市天河区林和西横路 邮编：510500　营销电话：（020）87554153 http://www.gdgjs.com.cn
印　　刷	佛山市浩文彩色印刷有限公司
开　　本	787 mm×1 092 mm　1/16
印　　张	9.75
字　　数	135 千
版　　次	2022 年 10 月第 1 版
印　　次	2022 年 10 月第 1 次印刷
定　　价	50.00 元

序　章
这就是他们的人生路

这是四十六万人五年来一起走过的路。

这是高原之路，

这是乡村之路，

这是荒漠之路。

这里没有路，但这是他们的人生路。

他们在风雪中前行，

在天地间作业，

在青春中挥洒，

在温暖间慰藉，

在困境里思考，

在贫瘠上奋斗，

在偏远中坚持，

在生死间挺住。

就是他们蹚出了一条条崭新的路，

走过去的时候，请记得他们！

记住他们，就是记住背后的故土乡音，

看见他们，就是看见明天的山河如新。

他们就是"第一书记"①。

---

① 第一书记：据 360 百科，指从各级机关优秀年轻干部、后备干部，国有企业、事业单位的优秀人员和以往因年龄原因从领导岗位上调整下来、尚未退休的干部中选派到村（一般为软弱涣散村和贫困村）担任党组织负责人的党员。

目　录

能征服世界高度的唯有人心温度

——记西藏自治区定日县尼辖乡宗措村第一书记旺青罗布

这是关于雪域高原的动情故事，也是在世界屋脊脚下为生存而与自然博弈的真实记录。

◎ 尼辖乡宗措村俯视航拍图（一）

◎ 尼辖乡宗措村俯视航拍图（二）

旺青罗布，西藏人，34岁，时任西藏自治区定日县尼辖乡宗措村的第一书记。对于西藏的乡村生活，他虽然没有太多经验，但第一书记的责任和使命让他在这里快速成长与蜕变。

　　尼辖乡宗措村位于喜马拉雅山北麓，定日县东部，平均海拔4400米。村名在藏语中的意思是"向阳而生"。我们初到此地时，蓝天白云和雪山草地呈现出一幅优美动人的画面。

　　可是，宗措村村民们的生活却是另一番景象。

　　脱贫前，村民的生存状况是令人心疼的。整个村只有56户215人（其中19户55人为建档立卡的贫困人口）。这是一个地地道道的深度贫困村——人均收入很低，村民除了家里保留一点口粮以外别无长物。

◎ 孤身行走在宗措村的旺青罗布

◎ 羊群漫步于山谷中

◎ 星光下，破晓前的尼辖乡宗措村

◎ 宗措村的小女孩

这里彻底地诠释了"苦寒之地"这个词：土地贫瘠，石头遍地，庄稼难收；秋冬季节，风如刀割。即便到了夏季，因昼夜温差大，晚上气温可低至零下 10 摄氏度。

"我从 2019 年开始在这个村子里担任第一书记。我刚来的时候，这是一个整体重建的村子，但是老百姓的生活还没有得到彻底改善，主要原因是没有产业。"旺青罗布向我们讲述道，"很多具体的困难是我们城市人难以想象的，你只有到了这里才能亲身体会。比如说，现在很多城市人为了健康而减肥，但是这里的村民为了抵御严寒，又吝惜酥油，只能喝掺了羊油的酥油茶，来增加脂肪和蛋白质的摄入量。这里连最基本的酥油也是匮乏的，这让当初的我难以置信。面对如此恶劣的生存条件，他们该怎么办？扣除吃饭穿衣之类的基本生活开销，他们就没有多余的钱可支配了，什么也干不了。经过这些年的政策帮扶，村民的基本生活已得到保障，但是想要让他们过得更体面，就需要继续努力。扶贫工作就是要改变老百姓贫困的状况，帮助他们致富，过上好生活。脱贫攻坚都有明确的指标和任务；所谓攻坚战，就是必须完成，没有退路！这是命令，我们都写在心里，记在脑里。每个第一书记都是这样，我旺青当然也不例外。这里适合发展什么产业？怎么带着老百姓一起干？如何建立信任和信心？这一系列问题都要解决。"旺青罗布有些激动，说到这里沉默了很久，"我也是藏族的孩子，看见同胞过着这样的生活，就算不是第一书记，也想为他们做点事，更何况我就是这里的驻村第一书记。我一定要改变这里的现状，一定要让他们过上好日子。这就是我的承诺，一定兑现！"

◎ 旺青罗布凝视着火光，思考着合作社的未来

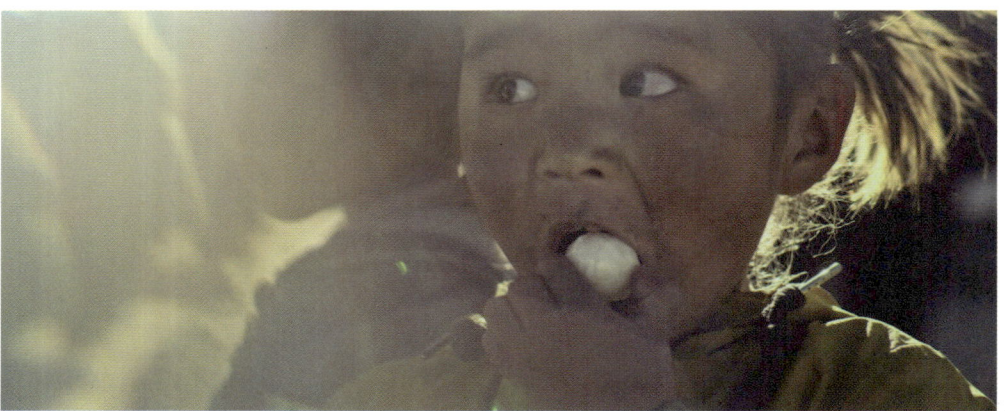

◎ 宗措村的孩子们

◎ 旺青罗布主持村务会议

旺青罗布经常同当地的村干部、扶贫队员找群众一起商讨脱贫致富的方法，但很多方案都难以开展。村里基础太差，首先要给老百姓解决吃不饱、穿不暖的问题，而且一定要做他们有认知、能接受的事情，否则很难实施。

"后来，我们总结出村里的优势有两点：第一，它有天然草场；第二，海拔高，适合岗巴羊跟喜马拉雅绵羊生存。而且它们肉质好，无膻味，味道鲜，具有一定特色。我们做完市场调研以后，得到乡里的大力支持，最终决定建立一个养殖岗巴羊和喜马拉雅绵羊的合作社，现在叫珠峰绵羊养殖合作社。这是我们最后定下来的解决方案。

"扶贫方案敲定以后，下一步重点工作就是邀请村民加入合作社，这是我们破解贫困局面的关键所在。村民们一开始顾虑重重，我们得挨家挨户反复做工作，一个人接一个人地沟通交流，打消他们的顾虑。起初，我们开会让村里的委员班子成员和党员首先做示范，让他们以羊群、现金或草场的形式入股，带动周边的群众都加入合作社。"

◎ 旺青罗布、索朗说服村民加入合作社

◎ 开会动员村民加入合作社

"索朗是我们村的支部书记,一个典型的日喀则汉子,40多岁,皮肤黝黑。他在拉萨和日喀则做过生意,属于到村外见过世面、在村子里威望比较高的人。"

索朗告诉摄制组:"我以前开砖厂,最好的时候每年有30万元的收入,后来旺青罗布来找我,劝我不能光想着自己变富,还要带领群众脱贫奔小康。旺青罗布不停地来找我沟通,我当时甚至都有点烦了,后来仔细一想,说得很有道理,他也是真真正正为老百姓着想。如果能把合作社发展起来，我们也不用外出做生意，大家都能致富，这是切实给全村村民增加收入的事。"

旺青罗布充满成就感地说，最后索朗还是爽快地答应了，他放弃了外地的生意，选择回村子加入合作社。

索朗第一个拿出现金入股，这就给了大家很大的信心。旺青罗布跟索朗去筹备合作社，将场地、水源、养殖舍建设等事项一件件落实。

"事实上，创办合作社远比我们想象中的要复杂烦琐。我们得劝大家把羊入到股里面，保证以后有了经济效益，再分红给大家。羊分散在每家每户中，有人愿意，有人担心。这要有方法，先干起来，用事实说话，用成功带动。

"开始的时候，合作社只有 700 多只羊入股，现金只有十几万元，其中有索朗的 5 万多元，但是我们当时决心很足，知道这件事一定要干好，全村都在看着我们呢！"旺青罗布说。

◎ 一位藏族老婆婆脸上写满岁月的痕迹

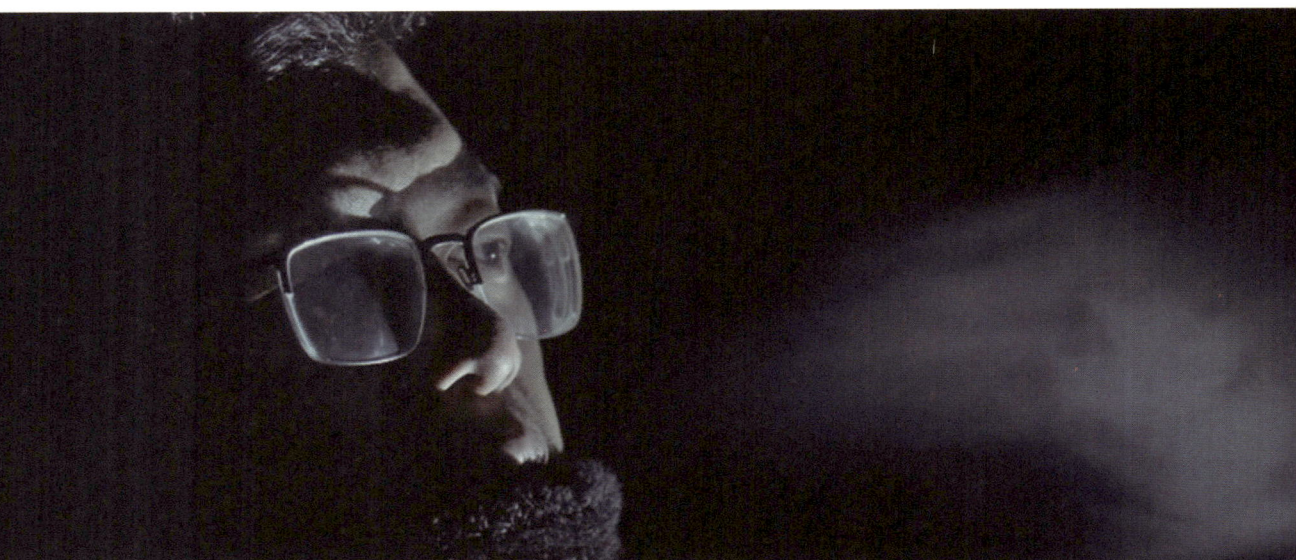

◎ 寒夜里呵气成雾，旺青罗布轮岗看守羊舍

养羊的首要问题在于防狼。牧区一旦进了狼，是牧民们最不敢想象的事情。狼进入羊圈以后，会肆虐屠杀，还把羊的尸体堆砌成山。"类似情况不罕见，之前也看过很多其他地方的新闻报道。所以我们必须想办法把牧民的担心和损失降到最低。"旺青罗布讲述起与大家一起守护羊圈的惊险时刻，"我们按照上级的指示和以往的经验，做了一些应急预案。当狼真的来了的时候，现场的气氛还是非常紧张的。所有的牧羊犬在狂吠，每个人都不敢放松，拿起手电筒仔细检查了一遍羊圈。幸运的是，没有一只羊遭到猎杀。合作社在养羊之路上向前迈进了一大步。"

◎ 旺青罗布在羊舍外焦急地等待羊崽出生

　　母羊每年会在二三月生下小羊，保护好新生羊崽对合作社发展壮大至关重要。索朗和村干部、养羊的专职人员轮班住到羊舍旁边，有的甚至睡在羊舍里面。小羊抵抗力差，气温太冷时会进入休克状态，甚至会出现早夭的情况，这就要靠人给小羊保暖、急救。"我亲眼看着索朗和村民们给小羊做人工呼吸，当时大受震撼，那一刻真正体会到老百姓赚点钱是多么不容易。我记得很清楚，那时候索朗看着我说了句话，'在这里羊的事情就是人的事情'。或许，羊对我们真的意味着太多了，它是宝贵的希望。"

◎ 入住羊圈守护初生羊崽的村民

　　"母羊怀孕期间还需要吃一些草料。为了节省运费，我和索朗开车赶夜路去拉萨运饲料。我们俩一天都没有吃东西，连续开了 10 个小时。买饲料的时候，一点点砍价，最后终于节省了一万元，把我们高兴坏了，这笔节省下来的费用可以给村民多发点分红。当时我才明白过来，有些人为什么会被别人尊敬，为什么会被别人信赖，因为他们心里想的是别人，索朗就是这样的人。作为第一书记，我是幸运的，能跟索朗这样的人一起共事。"旺青罗布回忆道。

◎ 一同照顾羊崽的村民们

◎ 顺利将饲料带回，旺青罗布一脸喜悦

◎ 旺青罗布与索朗的合照

"我没做过生意，羊在市场上怎么定价，怎么卖出去，这对我来说又是一个大难题。怎么包装，怎么卖到消费者手里，我一边去网上查，一边向亲戚朋友寻求帮助。同时，我也将这些困难向上级领导做了汇报。2019年，单位干部、职工给村子提供了很大的支持，我们下属事业单位的食堂干部、职工都积极响应，单从我这边卖出去的就有200多只羊，换回了几十万元现金，盈利十几万元。这令我们特别感动，在我们最困难的时候，这些人伸手帮了我们一把，解决了最困难的第一步，争取了时间，赢得了村民们的信心，也坚定了大家的信念。

"第一年，我们总共卖出去将近500只羊，老百姓当年就有了分红。在第一次分红大会上，大家都感受到了真金白银发到手里的感觉，都很开心。还有村民编起顺口溜：岗巴羊，喜洋洋；岗巴羊，暖洋洋。"旺青罗布脸上露出了前所未有的喜悦。

◎ 合作社饲养的岗巴羊

◎ 珠峰绵羊养殖合作社饲养的羊群

这一刻，是村民最高兴、最开心的一刻。这一刻，他们真正体会到向阳而生的温暖。

索朗说："我们现在的合作社小有成绩，离不开党和政府的扶贫政策，党就像太阳一样照耀着我们，合作社就像小苗一样一点一点地成长。"

回顾以往的艰辛，旺青罗布感慨地说："最困难的路走完了，我们的合作社像一个雪球，越滚越大，形成了良性循环。2019 年年底的时候，珠峰绵羊养殖合作社被评为优秀合作社，得到奖励资金 45 万元，用于扩大再生产。2020 年就更有底气了，我们养了 3 000 多只羊，养羊的盈利能达到 40 万元，其中一部分资金留下来扩大生产，一部分再分红，让老百姓亲眼见证自己的生活越来越好。"

"我觉得当第一书记的诀窍就是要真诚，要跟老百姓一条线、一条心，踏实办实事，要以心换心。"旺青罗布如是说。

◎ 合作社分红，村民们喜出望外

◎ 旺青罗布与群众开怀畅聊

◎ 旺青罗布与村民

◎ 村里修建水池，对于村民而言是难得一见的机械作业

◎ 旺青罗布教村民达瓦与女儿视频聊天

　　"我到这里才两年，村里的老百姓要一辈子生活在这里。我们今天做的这些事，打下的这些基础，十年以后会怎么样？会不会返贫，能不能持续发展？这些都要思考，都要跟进，都要一点点持续坚持。我们这代人没有受过什么苦，在城市里长大，我觉得来农村是特别有意义的。我们需要这种历练，需要知道老百姓的疾苦、他们的想法、他们的需要，才能真正办好事。有时候，重新审视自己我会发现，第一书记不只是一个职位，更是一种淬炼自己的机会。"

◎ 藏族节庆，村民盛装出席

　　"这里的人善良、淳朴、坚忍，也特别讲感情。
海拔虽然很高，天气虽然很冷，但人跟人之间是有
温度的，有的人就像太阳一样温暖着大家。人跟人
之间的感情能够融化最厚实的冰雪，人和人之间的
信念也能征服世界上最高的山峰。脱贫攻坚就是要
翻越最高的山峰，要把温暖带到人心中，就是最庄
严的承诺，更是历史赋予我们的使命。"

点亮乡村产业新生活的希望

——记广东省阳江市三甲镇新坡村第一书记何鉴权

　　"这么多地为什么都荒了？"这是时任第一书记何鉴权来到新坡村后的第一个疑问。

　　新坡村，是广东省阳江市三甲镇地域最广、人口最多的省定贫困村，下辖 32 个自然村，总人口 5 480 人，总户数 1 451 户。截至 2018 年底，贫困户共有 127 户 285 人，贫困人口为其他贫困村的 3~4 倍。2016 年以前，新坡村一直是一座贫穷落后的大山村，通往镇上的主路还是泥土路，村里残垣败瓦遍地，大部分青壮年劳动力去城里务工，还留守在这里的不少是老人和儿童。

◎ 新坡村航拍图（一）

◎ 新坡村航拍图（二）

　　摄制组第一次抵达新坡村时，何鉴权就坦诉衷肠："我的父母是农民，我也是在农村出生、长大的，对农村、农民很有感情。我已经把这里当作我的第二故乡，把村民当作自己的亲戚、兄弟姐妹来看待，我希望他们的生活有所改变。到这里两年，和他们谈得最多的就是回家创业。产业是脱贫攻坚的关键，要有人来动员和组织村民发展产业，带动大家干起来，才能让在外务工的乡亲回流到村里，一起创业，一起致富。致富带头人是村里面的星星之火。我们工作队要把这个星星之火找出来，把它点亮，燎原到整个村里，让村民们看到农业、农产品的希望。"

　　为了找到合适的致富带头人，何鉴权四处奔走，经过几番游说，终于找到一些愿意归乡创业的村民。

　　刘水行，曾从事餐饮、建筑、加工等行业，是其中一位致富带头人。当被问起归乡创业的原因时，他道出内心深处的想法："如果在家乡就能够创业，能够致富，谁又愿意在外面漂泊啊？老爸老妈有什么事，能够第一时间回到他们身边。我的儿子、女儿都还小，我也想留在身边照顾他们。"

提及创业的艰辛，刘水行眼泛泪光："一个人处于低谷的时候，还有人拉自己一把。是非亲非故的扶贫工作队主动帮我们重新规划，鼓励大家一步一步继续把这份事业做下去。对此，我们每个人都很感恩。连续三年了，无论是技术、资金还是人员调配，他们通过一切力所能及的方式方法给我们提供帮助。他们没有回报，也能为我们那样去做，所以我们更要响应他们的号召。如果这个事情做好了，带动更多的人脱贫致富，就是一件很有意义的事情。"

◎ 刘水行与何鉴权在果蔬种植园内商量村合作社的未来发展规划

自从到了村里，何鉴权就经常到各家各户走访，为村民排忧解难，并不时地鼓舞他们勇于尝试，大胆发展新型农业。"农村的确是一块广阔的天地，跟农民兄弟一起改变，让他们跟上时代发展的步伐，所以我们来这里是扶贫也是创业。广东有今天的局面，就是改革开放改出来的，就是创业创出来的。作为广东人，只要有机会，就一定要抓住。不要怕困难，遇到困难就要想办法克服它，我们要做打不死的'小强'。跌倒了，很痛，可以哭，但是你必须站起来擦干眼泪，坚定地走下去。"何鉴权说。

◎ 刘水行向扶贫工作队展示净化后的鱼池水质

◎ 何鉴权与同事到刘南生家中进行走访 ◎ 刘南生骄傲地展示自己饲养的蜜蜂，
生活可以像蜜一样甜

村民刘南生抚育了 4 个孩子，他的老婆因家族遗传高血压，无法从事体力劳动，养家的重担就落在他的身上。可是，仅凭他个人饲养家禽家畜的收入只能勉强支撑整个家庭的基本生活开支。过去，他们家一直被纳入"贫困户"的范畴内。

自从了解到这一家的情况，每当进行帮扶规划时，何鉴权和扶贫工作队都会把他们列入相关补助的名单里面，除了提供鹅苗、耕种的水牛、饲养家禽家畜时的防护服、消毒水等消耗品外，还发放津贴补助他养蜜蜂。对于工作队而言，这些举动或许不能马上改变刘南生一家的生活境况，却相当于播下一些"种子"，让他们拥有改善家庭收入的条件，看见改善生活的曙光，不至于一直处于绝望与困顿之中，连未来也没有时间或条件去想象。

◎ 刘俊成母亲饱受命运挫折但从未放弃

　　新坡村还有一户贫困户，家里仅有母子两人相依为命。儿子叫刘俊成，34岁，曾外出务工，但后来因小儿麻痹症后遗症影响，致使其肌肉萎缩，手脚无力，行动困难。因家境贫寒，他一直没有机会进行一次彻底的检查，更说不上治疗。数年前，刘俊成的父亲因遭遇突发交通事故而丧生，整个家庭的顶梁柱倒下了，仅剩下残疾的他和年迈的母亲。

　　何鉴权在提起刘俊成时激动地说："为了整个家庭，他一定要站起来！哪怕身体不允许，精神上也不能垮下去。我在进村入户了解情况后，马上想办法联系医疗机构咨询，并给他送去轮椅，鼓励他鼓起勇气，勇敢面对人生。"

　　有一天，刘俊成主动提起互联网电商，何鉴权说："我想这是一个难得的机会。于是把他纳入村里农产品电商运营小组，既让他有机会重新与外界连接，慢慢从心理上成长为一个成年人；同时，也让他能够获取一定的经济收入，养活自己。"

◎ 何鉴权带医生、护士探访刘俊成

◎ 刘俊成向何鉴权展示自学的电商运营操作

在何鉴权的帮助下，刘俊成重新拾起了对生活的信心，过去的一脸愁容，如今变为乐观的微笑。

为了让村民更快速地掌握农业知识、技术，何鉴权定期邀请专家教授到村里对养殖户进行授课，先后举办了各种村内急需的种养技术培训班近十期，培训农户 1 000 多人次。同时，扶贫工作队还组建种养技术交流微信群，群内有农户、技术专家、村干部、工作队员、收购商家等成员，大家一起分享讨论相关信息，及时有效地解决生产、销售过程中出现的问题。

　　"作为扶贫工作队，我们不仅要让整个村子脱贫，还要想办法让村民致富。成果如何巩固、提升，也是我一直在思考的课题。以后，扶贫结束了，工作队成员离开时，我希望留下更多的是带不走的工作成效，也建立一支带不走的工作队。脱贫攻坚给了我这次机会，不为别的，就是为了身后的故土乡亲，所有的付出都值得。"

◎ 扶贫工作队与村委干部的日常会议

◎ 何鉴权深夜思索脱贫思路

◎ 何鉴权与扶贫工作队员考察待翻新的村屋

◎ 村民得到政策援助，翻新整修房宅

何鉴权不禁感慨："近些年来，我们国家飞速发展，长期待在村子里的民众由于缺少对外界的了解，很容易在思想上落后于时代。为了让村子有更好的基础条件，我与省、市、县公司的技术骨干一同规划了网络建设，融合各路资源，在 2019 年内投入 200 万元进行网络升级改造，实现全村光纤双向网全覆盖，户户看高清电视、用宽带网络。同时，通过我们的平台，还可以实现村民会议电视直播，让每家每户都可以参与村务事务监督；平安视频监控功能，让大家足不出户，都能实时了解村里重点路口的安全情况。这些惠民工程都是'智慧乡村'的基础，更拉近了跟外界的距离。"

◎ 安全监控系统覆盖了新坡村的主要路口，
时刻守护着村民的安全

◎ 何鉴权带领村民开展春耕

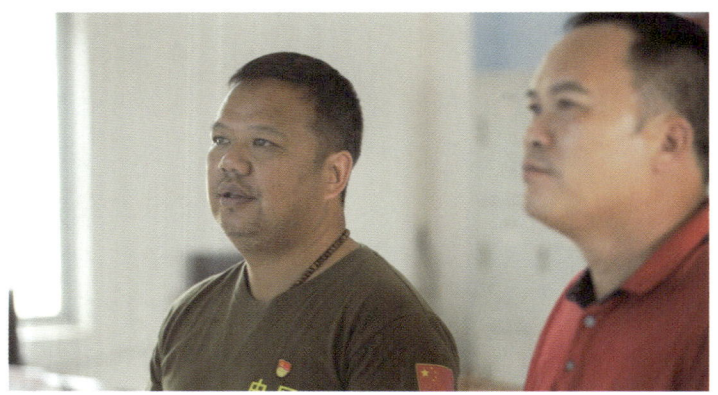

◎ 何鉴权察看村中新建的视频监控系统，排查安全隐患

◎ 何鉴权与村民一同考察农地

◎ 蕉园出现病虫害，何鉴权去了解情况

◎ 何鉴权帮助村民耕作

◎ 何鉴权与村民骑摩托车巡视蕉园

◎ 一番辛劳过后，何鉴权与村民聚餐

　　"一路走来，心里其实也是有压力的。当需要排解的时候，我就喜欢一个人爬山，登上顶峰，眼前豁然开朗，压力也就荡然无存了。没有比人更高的山，没有比腿更长的路。走过去，就是苦尽甘来，就是山河如新。"

　　在大家的努力下，过去荒草丛生的田地化为如今生机盎然的田园综合体——上百亩的农田瓜果飘香，黄金火龙果、石榴、香蕉等硕果累累。同时，20个繁育鱼苗的大鱼缸运行顺畅，年内预计可实现600万元产值。仅仅三年，新坡村取得了前所未有的突破，这是第一书记与当地民众共同奋斗所结出的累累硕果，更是新时代的光辉明证。乡村热土未来可期。

◎ 新坡村果蔬种植园航拍图

千里万里回国回乡，青春战场脱贫一线

——记河南省周口市西华县陈营乡孙庄村第一书记秦倩

　　"我叫秦倩，是共青团河南省委驻周口市西华县陈营乡孙庄村的第一书记。很多朋友都问我，你一个'85后'海归，还是一个未成家的女孩子，非要跑到农村吃苦，图啥呢？实际上，我在这个省级贫困村已经做了两届第一书记了，我还要继续做第三届第一书记。这些年我感到非常幸运，因为我的思考和奋斗都和我们孙庄村紧紧地联系在一起。"

　　这是 2019 年采访秦书记时，她做的自我介绍。

◎ 孙庄村航拍图（一）

◎ 孙庄村航拍图（二）

◎ 夕阳下的麦田

◎ 通往孙庄村的乡村公路

　　秦倩是一位面容姣好、思路清晰的青年女性。采访记者能够从她的言行举止中感知到她曾经受过良好的教育和拥有相对优越的家庭条件。但是，秦倩身上却有着一股朴实的乡土气息。

　　说起孙庄村的情况，秦倩很感慨："我从小没有在农村生活过，来当第一书记之前已经做好了心理准备，但还是被村里的真实情况吓了一跳。孙庄村当时还都是泥路，贫困户有 163 户 652 人，其中大病病人占三成以上。家庭因病致贫的现象并不罕见。另外，周边企业少，村民并没有多少工作机会。"

◎ 秦倩在寻找脱贫思路

　　"我初来乍到的时候，有些人会表达出质疑的声音，觉得城里来的女干部肯定是来镀金的，能干成什么事。我特别不服气，下定决心干实事，真正改变村子，也让老百姓转变质疑的态度，并赢得他们的信任。"

　　经过几年的帮扶，贫困户下降到 4 户 10 人，贫困发生率从 34.20% 降到了 0.52%。现在的孙庄村被评为河南省脱贫攻坚示范村。

　　为了清晰明确地掌握村里的情况，秦倩逐家逐户探望走访，一遍一遍摸底排查，针对所有贫困户各制定了合适的帮扶方案，按户执行，精准施策，帮扶到人。

　　提及村里的贫困户，秦倩举了一个家庭案例："我们孙庄村有十几例骨科病人，其中有一个小伙子叫李二磊，患有强直性脊柱炎和股骨头坏死，已经卧床 8 年了。他 23 岁，身材看起来只有十几岁。他的父母已经给他治了很多年，也治不好，最后只

◎ 秦倩走访村民

能放弃治疗。李二磊的大哥和嫂子因为家里这个累赘离婚了，留下两个留守儿童，由李二磊的母亲胡月梅抚养。胡月梅不但要照顾这两个孩子，还要照顾李二磊的衣食住行、吃喝拉撒。胡月梅曾经对我哭诉：'附近城市的医院都看过，亲戚朋友的钱借了一圈，粮食、麦子还没进家就卖完给他看病。自己跪在地上来背他，给他看病，那是个啥滋味啊？小儿子以后可怎么办啊？'看到李二磊蜷缩在小屋的床上，他那种痛苦而又无奈、绝望而又期望的眼神深深刺痛了我的心。我暗下决心，要让他重新站起来，要让他们的家庭站起来！"

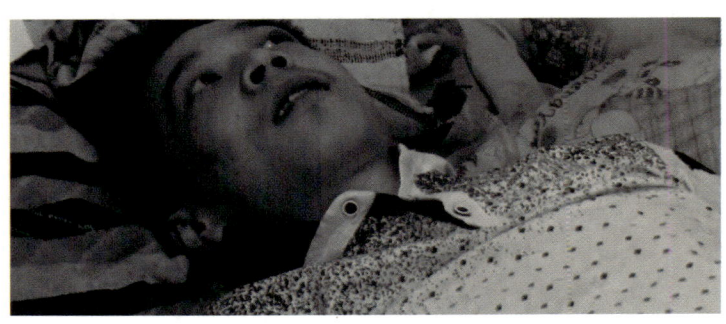

◎ 曾经卧病在床的李二磊

秦倩一家医院一家医院地跑，一个专家一个专家地问。后来，在河南省人民医院骨科主任的帮助下，李二磊成功进行了手术。他终于站了起来。

李二磊站起来之后，创办了电商公司。他还开设了电商培训班，让周边的年轻人也学习电商技能。

李二磊现在担任孙庄村团支部副书记，还是河南省农村青年致富带头人，他每年的收入可以达到30余万元。

看到李二磊从一个卧病在床的青年变成现在放飞梦想挺起脊梁的致富带头人，秦倩感到非常欣慰，也特别高兴。

◎ 运营电商客服，李二磊与客户进行沟通

◎ 李二磊作为创业带头人在会议中发言

◎ 孙庄村村民何大娘

  何大娘的家庭也是孙庄村里因病致贫的贫困户，儿子和媳妇都在外地打工，76 岁的她独自照看着从小患有小儿麻痹症的小孙子。两年前，小孙子还不幸遭遇车祸，动了手术，导致家庭情况更为困难。秦倩带领工作组有的放矢地提供了帮扶，给何大娘的小孙子治好了病，还帮他找到了工作。现在他也结婚了，一家人其乐融融。

  "我经常到何大娘家里跟她唠嗑，帮她干干农活，做做饭，她经常对着我喊闺女，别的大娘也都叫我闺女，慢慢地大家都叫我'闺女书记'了，到现在为止我觉得最骄傲的地方，就是'闺女书记'这个称号。现在我终于成为他们认可、接纳的'闺女书记'了。"秦倩一脸欣悦地讲述起自己别名的由来。

◎ 秦倩给何大娘讲解帮扶政策

◎ 秦倩探望饲养牛群的村民李群义

◎ 秦倩搀扶老人去村卫生所检查身体

秦倩还介绍了"八方支援"互联网分级诊疗系统："这个系统可以让村里的贫困户挂到北京、上海等地的大医院专家号，省去了贫困户看病的路费、住宿费、挂号费等。系统对所有的贫困户都是免费的，通过这个系统挂号，第一个贫困户在2017年8月进行了互联网问诊，北京的专家给他看的病，解决了就医难的问题。党的医疗扶贫政策，让贫困人口实实在在地受益了。"

除了通过医疗扶贫解决村里病患家庭的困难，秦倩深知想要让孙庄村走上致富的道路还需要付出更多努力。"我发现村里资源相对匮乏，找到一条可持续发展的路还是比较难的。后来我们发现，河南人都比较喜欢喝胡辣汤，而且孙庄村的老百姓家家都会做胡辣汤。但都是在自己家做，或者是在街道上开一个小门店，没有形成大的产业。我们就想自己创办一个胡辣汤品牌。孙庄村有六个自然村，其中一个自然村叫邵蛮楼村，于是决定起名为邵蛮楼胡辣汤。"

"当时创办胡辣汤品牌的时候，遇到了很多阻力。因为河南胡辣汤发源地是在西华，品牌很多，他们也已经发展了几十年了，都有自己的配方。另外，已经有那么多品牌了，能打响我们的品牌吗？即使做成了，我们的销售途径在哪里呢？"秦倩讲述起当初的创业难题。

后来，秦倩召集了所有的村干部和党员，反复开会商量。"要干就真干，大家一起把这条路闯出来！如果做成了，就算我们村的集体产业；如果赔钱了，算我自己的！"前期的资金，全部由秦倩和驻村工作队队员自愿垫付。

"带着大家的信任和期望，我们一步一步跑销路，创品牌。为了节约成本，我和村干部商量，不买100多万元的胡辣汤机器，先贴标生产，把品牌打响。"

◎ 秦倩带领村内合作社到成熟的胡辣汤生产车间学习

◎ 秦倩与李二磊研究胡辣汤的包装，为村子的产品做更细致的谋划

　　"我记得特别清楚，2017年年底的时候，有一个3 000份的订单，必须在第二天送到郑州。但是，夜里突降大雪，高速路封路。刚刚创业，最重要的就是诚信，这个订单对我们来说非常宝贵，所以我们决定连夜开车去郑州送货。路面结了冰，虽然开车非常小心，但还是遇到了车祸。我们送货的

车突然打滑失控，重重地撞上了一辆大巴车，玻璃破碎，车头变形，我和一名驻村工作队队员当场晕了过去。等我们醒来时，胡辣汤包装上全是血……"秦倩说到这里，忍不住哽咽、流泪。

◎ 井然有序的胡辣汤包装生产线

◎ 秦倩尝试为村子的胡辣汤产品进行直播带货

　　他们就这样咬着牙拼着命去跑销路。经过三年的发展，所有创业的人都特别兴奋，孙庄村终于有一个自己的村集体产业了。对于孙庄村来说，这是一个历史性蜕变。

　　秦倩说："为了让贫困户在家门口就能就业，我们建了几个车间，有鞋厂，有制衣厂，从外面接外贸单子，在家的贫困户可以在照顾老人孩子之余工作赚钱，计件收费。"孙庄村贫困户赵春红感慨地说："多亏秦书记帮忙，找我去扶贫车间干活，就在家门口，每个月多的时候能有 2 000 多元，解决大困难了。"

◎ 孙庄村扶贫车间内，村民正在裁制衣服

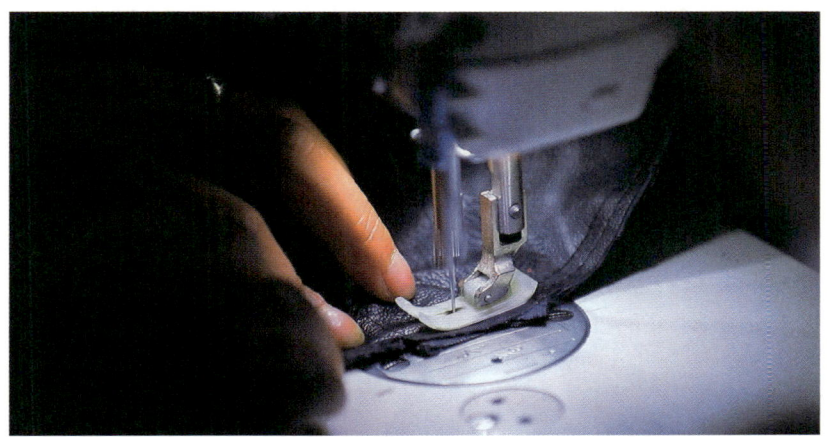

◎ 即将完成衣服的包边工序

◎ 秦倩在扶贫车间向村民了解近况

河南是农业大省，传统农业要怎么创新呢？扶贫队专门联系了河南省农科院的专家教授们来这里实地调研，制定可行性增收方案，给种植户进行培育培训，最后选择了种植盆栽有机蔬菜。时下流行"蔬菜环保无公害"的消费观念，村里的有机蔬菜种植基地与外地商家达成了合作，不少郑州市的火锅店也选择这里作为供货源。同时，这些蔬菜也已经在公众号上架，明码实价，方便外地人随时随地下单。如今，基地的产品已经通过网络销往全省多个地市。

秦倩介绍道："我们的百农园产业扶贫基地带动了100户352人脱贫致富。这两年我们搭建了把传统农业变成现代化农业的大棚，种植了几十种西瓜，所有的西瓜都有安全追溯系统。这两年的河南省西瓜选品会就在我们孙庄村举行。2020年全国的西瓜选品会也在我们孙庄村举行。大家扫一扫二维码就可以看到西瓜是什么时候种植、什么时候出厂的，保证不洒农药，完全无公害。"

孙庄村现在已经完全变了样，昔日的贫穷早已经看不到了，秦倩却比五年前多了些白发。

临行前，秦书记极力邀请摄制组尝一尝村里的胡辣汤。这一碗汤喝下去，真的是记住了。记住了村子，也记住了这个善良美丽的第一书记。

"我们这一代人的青春、使命、担当是什么？我觉得就是把我们的个人理想融入国家梦想，把学有所长奉献给脱贫第一线。"这是秦倩写给《第一书记》纪录片的一句话，我们把它留了下来，愿看到这句话的青年一代去体会，去体验，去践行。

一定有的，一定会的。

我们深信。

扶贫接力干，再战北大仓

——记黑龙江省齐齐哈尔市拜泉县上升村第一书记王路

20世纪50年代，成千上万的"垦荒大军"——转业复员官兵、大专院校毕业生、内地支边青年、城市知识青年从全国各地挺进东北，他们虽然身份不同，经历各异，但心中怀揣着同样的信念——"不辞劳苦，建设祖国"。正因为他们数十年的辛勤劳作，把汗水、泪水、血水融入荒野，用青春、智慧、生命浇灌黑土，终将祖国东北角染成一片绿色，"北大荒"才得以成为年产千万吨粮食的"北大仓"。

◎ 拜泉县上升村秋季航拍图

◎ 拜泉县上升村冬季航拍图（一）

如今，"北大仓"的局部地区再次需要仁人志士提供援助。拜泉县位于黑龙江省中西部，是国家扶贫开发工作重点县、大兴安岭南麓连片特殊困难片区县、黑龙江省深度贫困县，下辖7镇9乡。

上升村位于拜泉县东北部20公里处，辖区9个自然屯，户籍人口1 118户2 892人，建档立卡贫困户205户427人。2015年以前，村内基础设施落后，屯与屯之间道路较为狭窄，坑洼不平，路面破旧，甚至没有修建排水渠；一到雨季，屯道积水过深，家长为了孩子安全上学，还要穿着雨靴把孩子背到村道上。"晴天一身土，雨天一脚泥"是村内环境的真实写照。泥泞不堪的屯道给村民们的日常生活与生产造成严重的困扰，直接制约了上升村的经济发展。

根据中央定点扶贫部署安排，中储粮集团公司于2015年开始选派驻村第一书记帮扶上升村。2019年7月，王路成为上升村第四任第一书记。

　　从"和国家机关单位人员打交道"到"深入农村最基层"，自己该如何开展工作，工作成果如何让老百姓满意，这位来自北京的第一书记内心充满忐忑。到村上任前，王路主动向前三任第一书记请教，他们都回复同样的一句话——"扶贫踏踏实实干，实事一件一件办"。

　　能够惠及民生的首要事务是什么呢？驻村任职后，王路通过走访入户、与贫困户促膝详谈，摸清了村情民意。

◎ 拜泉县上升村冬季航拍图（二）

◎ 冬日银装素裹的上升村

◎ 冬日里，三人结伴漫步于雪地

"俗话说，要想富先修路，上升村也不例外。基础设施的完善和人居环境的改善是村子彻底脱贫的基础性条件，是关系到村民生活质量和发展质量的关键性要素，也是使贫困村稳定脱贫、不再返贫的重要保障。"王路介绍道，"从 2015 年以来，中储粮集团公司在上升村累计投资 705 万元，用于完善基础设施建设，累计修建党员群众学习培训活动室一处、4.5 米宽水泥公路 2.45 公里、屯内硬化路面 6 500 平方米、涵洞桥 255 座、路边排水渠 7 200 米，安装太阳能节能路灯 75 个、农户围栏及树床围栏 7 200 米。"道路修好了，不仅连通了户与户、屯与屯的交通，更是连通了第一书记与村民们的心。

同时，在第一书记们的引领下，村里还组织修建了小广场、篮球场、健身器材、宣传栏等文娱设施，村民们也有了健身娱乐的场所，村容村貌焕然一新。

扶贫工作不能停留于表面功夫，要让村民实现稳定脱贫，逐步致富，发展产业是关键的一步。结合县里相关政策，王路和村干部积极引导村民发展庭院经济，发动村民在自家小园发展甜玉米种植和小笨鸡、大鹅养殖，带动贫困户 92 户 185 人，每人每年增收 589 元。2019 年底，贫困户人均年收入比 2015 年增加一倍多，达到近 10 500 元，贫困发生率从 14.7% 下降为 0，建档立卡贫困户整村全员退出，上升村终于摘掉了贫困帽子。

◎ 台风过后，地上全是横七竖八的农作物

　　2020年上半年，村子风调雨顺，庄稼长势喜人，如无意外会是一个丰年。但是，临近8月，我国东北地区连续遭受台风影响。对于刚脱贫的上升村来说，要应对前所未有的台风，无疑是一次充满挑战的危机。

　　看见成熟的庄稼全都被刮倒在地，村民们不由得感叹起来："机器收不了了，玉米扶不起来，雇人工还挺贵的。""心全凉了，因为我们一年就指望着这点庄稼。"

◎ 田间道路泥泞，王路巡查受到台风影响的农田

◎ 台风过后，王路与村干部调研村中农田受灾情况

◎ 王路、村干部与村民们一同商议抢收粮食

　　"比较万幸的是，台风来的时候，产量已经可以预计了。只要把粮食扶起来，就能把老百姓的信心扶起来。"王路回忆道，"我和村干部当时马上召集村民开会，组织大家一起收割玉米。屯帮屯，户帮户，优先照顾贫困户，带他们一块儿干。"

　　在王路和村干部的带领下，大家撸起袖子一起干，深入田间地头，把倒伏的玉米扶起来，把大丰收保下来了。这段时间，王路彻底体会到农民的辛苦，在地里跟他们一同干活，一起吃饭，一块唠嗑，一起摸爬滚打，每天一身泥一身汗。晚上回到住处，疲惫不堪，饭也不想吃，澡也不想洗，就想倒头睡上一觉。

◎ 王路与村民打成一片，入乡随俗"坐"上农用机

◎ 烈日当空，王路与村民将被吹倒的庄稼扶起来

◎ 王路与村民一根一根掰下玉米

◎ 剥玉米的村民

◎ 王路与村民一起将玉米装车

◎ 王路与村民奋力将农用机推出泥坑

◎ 大豆田上欢快奔驰的农机

◎ 完成收割后，大豆即将转运入库

◎ 驾驶农机的司机大哥畅谈丰收的喜悦

一直在城里生活、工作的年轻书记王路不无感慨地说："农民对土地是非常有感情的，辛辛苦苦，伺候一年，一粒粮食都不愿意浪费在地里。这压根不是钱的事。"

谁知盘中餐，粒粒皆辛苦。

是啊，直到我们亲手收获粮食的时候，才能真正明白这句话的含义。

◎ 王路与村民查看刚收获的大豆

◎ 脱皮后的大豆倾泻而下

当摄制组问起是否挂念城里的家人时，王路书记望向远方。"由于这里离家比较远，来回一趟不容易，还耗费许多时间，所以驻村以来没回去多少次。但是，闲暇时我也会想自己的亲人，孩子、妻子、父母。"驻村之前，他的孩子刚出生，对于驻村有点犹豫。但是家里人很支持，跟王路说，我们照顾好孩子，不要有后顾之忧，帮贫扶贫非常有意义，不是每个人都有这样的机会，放心大胆去做。

除了村里实实在在看得见的变化，村民们感受到第一书记们的热诚了吗？从几位村民的回答中，我们找到了答案："城里来的孩子哪会干这么脏的活？""那活都挺累的，还挺脏的，他也没怕脏没怕累。""虽然出现台风，但是我们啥也不怕，有这些干部，我们就放心了。"

王路听到这些时，眼里泛着泪光。"我也明白了为什么前几任书记都说同一番话了。来到这里，我能在这个时候，为他们做点事，做点实事，其实我也是很荣幸的。老百姓很淳朴，你只要做事了，他们心里都明白，只是没有直白说出来而已。"

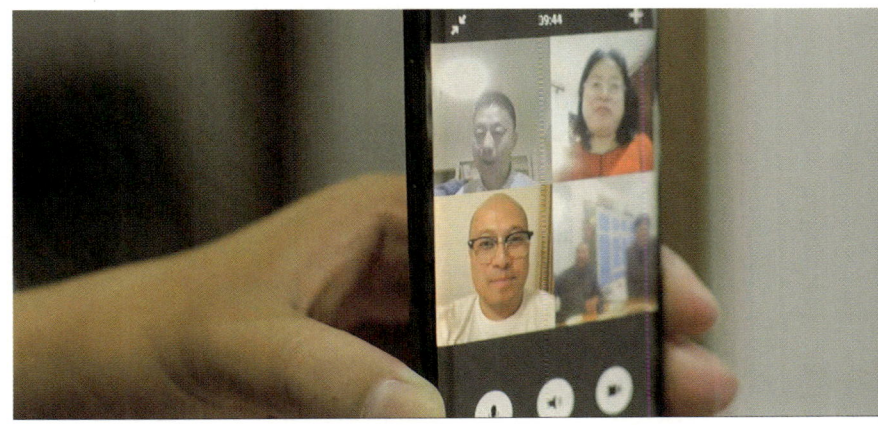

◎ 王路与上升村前三任第一书记视频聊天

◎ 王路和村干部向前三任第一书记汇报丰收的喜悦

"第一任姚莉书记，第二任祝凯书记，第三任秦浩书记，我们大家约好，每逢村里有喜事的时候都要视频连线，这也算是我们大家在这里的一种仪式。在这里扶贫的第一书记比较特殊，绝不仅仅只是扶贫，更要紧紧关注咱们的粮食，一定要把丰收带到家家户户，一定要把粮食运到咱们国家的粮仓里，这就是我们这几任第一书记的共同使命。"

食为政首，谷为民命。中国人的饭碗任何时候都要牢牢端在咱们自己的手里。

◎ 归仓纳库统一封存的玉米粒

◎ 象征幸福的阳光洒进仓库，堆积如山的粮食就是千家万户丰衣足食的保证

守护孩子就是守护咱们的未来和希望

——记四川省凉山彝族自治州布拖县拖觉镇博作村第一书记胡小明

2020 年是脱贫攻坚收官之年，四川省凉山彝族自治州布拖县拖觉镇博作村的帮扶队伍忙得不可开交。

◎ 博作村位于山谷之中，村民房屋依势而建，延绵几公里

◎ 旭日高升，博作村焕发出生机盎然的一面

◎ 胡小明重返博作村

作为这里曾经的第一书记，胡小明毫不犹豫回到村里，与时任第一书记罗洪和其他帮扶队员一起完成共同肩负的使命。

胡小明清楚责任背后的分量，认真又动情地说："工作队员都是我的战友，我们共同努力，一起战斗、奋斗。脱贫攻坚没有退路，只能往前干，必须干好。"

得知胡书记愿意再回村子里，罗洪十分理解："他心里面还装着这块土地，装着老乡。离开前的那一个月，他主动到村子里面住下来，好像要把每一个地方都记住，对村子是深深的舍不得。"

　　胡小明回忆起对村子的第一印象："2016 年 2 月 24 日，那天刚下了一场铺天盖地的大雪。大地原野，山川树木，都披上一层厚厚的、白白的、绒绒的'被子'。周围银装素裹，空气中透出一丝凉凉的、清清的、甜甜的气息，感觉特别好，仿佛置身于浪漫的童话世界。"

　　然而，胡小明深知博作村当时的真实情况远远不是如此美好。

　　"虽然来之前我做了很多思想准备，提前了解村里的日常状态和环境，但是真正来到这边的时候还是感到很震惊：博作村脱贫之前，全村 239 户中贫困户 104 户，贫困人口 479 人，人均年收入不足 3 000 元。周边野兽较多，伤害村民与牲畜家禽的事情时有发生。因此，本来就不富裕的村民视牲畜家禽如同生命一样，把猪羊、鸡鸭等圈养在房间里，才感觉安全放心。这种传统落后的生活习惯带来安全隐患、卫生条件恶劣、疾病传播等一系列问题。"

◎ 为了走访村民，胡小明经常攀山越岭

◎ 牧童与他的羊群

　　为了深入了解每家每户的生活情况，把党和国家的政策信息宣传到位，帮扶工作人员白天都要进村入户，爬坡上坎，翻山越岭，日日如此。其中，有一些村民住址偏远，他们一去就是一天，连午饭也顾不上，只能带点花生、零食充饥。晚上，他们也经常加班、填表，把搜集到的信息及时更新，确保网络系统与表册的对应内容一字不差。

　　经过日复一日、年复一年的努力，彝区如今都实现了"两不愁三保障"（不愁吃、不愁穿，义务教育、基本医疗、住房安全有保障），扶贫工作开始从量变向质变转换。

◎ 胡小明挨家挨户上门走访

◎ 没有携带水壶，胡小明就地饮用溪水

◎ 胡小明与村民打成一片

◎ 胡小明与村民攀谈（一）

胡小明说："思想上的贫困，是看不见的贫困，是最可怕的贫困，也是最难解决的贫困，是阻碍真正脱贫奔小康的'拦路虎'。扶贫的道路还很远、很长，得用产业去引导他们开化思想。"

胡小明隶属的帮扶单位计划先在村里修建一个养鸡场，带领村民逐步体验、尝试、探索。留在村子里的村民的文化、技术水平不高，有些人去邮寄东西，到邮局才发现自己连邮寄单也不会填，深深地感受到无能与无奈。

◎ 胡小明与村民攀谈（二）

◎ 晚上，胡小明与罗洪一同完善村民资料

胡小明分享起一位村中老妈妈的话语："'不读书就是聋子、瞎子。'这话很朴素，很实在，也令我很震惊。一个老人能有这样的认知，不就是因为她读过书吗？

"以前家长的眼界狭小，看不透教育的意义，看不到教育对他子女人生命运的改变。割草、砍柴、放牛、放羊，他们理所当然地认为孩子应该像自己这样过一辈子。"

◎ 胡小明给村民家里装上电灯

◎ 博作村的一位老妈妈

◎ 博作村的一位老人

◎ 守在家门口的一对兄妹

◎ 一群在路边烤火的小孩

　　从前，当地卫生环境差，村里的小孩基本没有接受过学前教育，上小学前就在家里、路边玩耍，还在地上爬、打滚。他们只学过彝语，没有接触过普通话，上学时无法快速适应汉语教学，容易造成学习上的脱节。随着年龄的增长，如果他们过不了语言关，就会出现厌学情绪；即使他们走出山里，与外界的沟通交流也存在很大的障碍。

◎ 一个村中女孩，眼里透着质朴与纯真

◎ 一个用勺子喝粥的男孩

◎ 胡小明给男孩花生，男孩开心地笑了

◎ 胡小明向女孩讲起从前的故事

　　教育是斩断贫穷代际传递的根本基础。通过援建幼儿园，让孩子们从小养成讲卫生的好习惯，打好学普通话的基础，才能从根源上解决问题。胡小明说："现在幼儿园的小朋友都干干净净的，从洗手洗脸的小事开始，用小手牵大手，让孩子们带动咱们村民的家里发生改变，改掉过去的陋习。"

◎ 博作幼儿园

"孩子们进入幼儿园后，我们发现了一个新问题。这里的孩子长到七八岁，身高和外面五六岁的孩子差不多，普遍营养不良，对以后成长发展影响很大。这让我们心里感到难受、痛心，于是决定由养鸡场免费为孩子们每人每天提供一个鸡蛋，给他们补充营养，强壮身体。让村民感受到村集体经济发展的成果，从产业发展中感受到生活的提升和现代文明，也让他们从小小的鸡蛋上感受到未来的希望。村民们也由此看到了我们的真心，看到了我们的诚意。"

治贫先治愚。对于辍学，扶贫工作组采取零容忍的态度，不能让孩子年幼辍学。有一次，一个孩子逃学离家并彻夜未归，得知消息后队员们非常着急、担心。胡小明说："我和罗书记带着人从家里、学校，房前屋后，村里村外，山上山下，里里外外、来来回回找了两天才找到孩子。"事后，在胡书记语重心长的劝说下，孩子终于醒悟过来，重返课堂。

　　经过一段时间的观察，胡书记找到了学生的兴趣点——打篮球。要是输给他，孩子就得签承诺书，乖乖上学。几次较量下来，这些孩子一个个服服帖帖地主动去上学，开始认真听讲，功课逐渐有了起色。老师们佩服不已，都夸胡书记有办法，有效解决了老师的困扰。

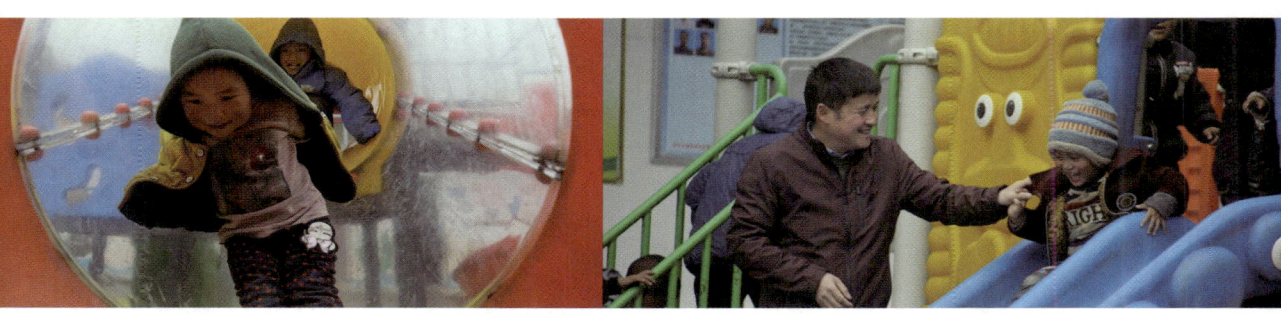

◎ 滑滑梯的小孩　　　　　　◎ 胡小明被孩子的快乐感染

◎ 清洗后，逐渐变干净的小手　　◎ 得到鸡蛋，忍不住触摸的孩子

◎ 品尝鸡蛋的孩子若有所思

◎ 吃完鸡蛋的孩子对着镜头露出幸福的微笑

◎ 胡小明给家人打电话

　　成为驻村第一书记，也就意味着要经年累月待在外地，无法与家人团聚。当摄制组提及"家人"这个话题时，胡小明说："偶尔闲下来或者睡觉时会想到自己的孩子，虽然孩子生活学习都很正常，但是还是会对他有一点愧疚。在他最需要陪伴的时候，我却一直很少回家，情感上的陪伴确实太少。很多扶贫干部，家里也上有老下有小，大家都在克服（困难）。我们对家庭都感到亏欠，但是没有办法，为了扶贫工作，为了更多的人，我们只能如此。"

　　摄制组从罗洪口中得知胡小明心中的痛："母亲生病了，胡书记过了很长时间才请假回去，但是当他到医院的时候，他妈妈认不出来他了。胡书记说，妈妈，我是您儿子，小明。他妈妈在病床上，不知道他是谁。当时陪他回去的同事，看到这个场景，心里特别难受。"

◎ "迎难而上，不畏艰辛"是胡小明诠释的第一书记的精神内核

　　为何胡小明心中会有"舍小家，为大家"的理念？或许从他以下这段慷慨陈词中能找到答案："关于扶贫工作，我确实是这么认为的：不是每个人都有这个机会、有这个群体让你来帮助他们。这个机会我觉得很难得，对人生的意义很不一样。人的价值就在于奉献。只有在这个扶贫攻坚战场，才能感受到这种氛围，能够让你净化思想。你在其他地区正常上班工作，按部就班，你感受不到这种氛围。但是，在这个地方，你会觉得更有意义。因为我一直相信，能够参加脱贫攻坚的所有的'战友'，特别是在国家重视关怀之下，能感受到属于自己的一份自豪。等到老了，退休以后，回想起这段经历，你会感觉是一段特别有意义的人生经历。"

◎ 昔日的报纸，胡小明和博作村的孩子成为新闻报道中的主人公

◎ 胡小明与罗洪

　　胡小明对他的继任罗洪称赞有加："村里有一家人，父母都去世了，四个孩子成为孤儿。罗书记特别关注、关心他们，帮助他们申请各项帮扶政策；每天送他们上学，还帮忙喂鸡，早晚各一次。有时，他还帮助他们处理洗衣物、做饭、收拾屋里屋外等生活琐事。孩子们放学之后，他还主动了解他们的学习情况，帮他们辅导功课。除了对生活、学习方面的关注，心理健康疏导也是重要关注点，对于成长中的四个孩子很重要。罗书记相当于领养了四个孩子，又当爸又当妈。他让这些失去父母的孩子感受到大山一般的父爱，感受到社会温暖，感受到党和政府的关爱。这对孩子们的成长很重要。我相信孩子们一定不会忘记罗书记的。我很敬佩罗书记。"

◎ 罗洪给帮扶女孩庆祝生日

　　提到这四个孩子，罗书记诉说起自己的初心："当时想的是我应该把他们照顾好，尽我的能力照顾好，不能让孩子们缺失关爱。说实话，他们之中最大的一个都比我的小孩要小一点，我觉得我应该把他们当成自己的子女一样照看。

　　"这四兄妹里面，老二喜欢学习，成绩一直不错。上次，她还考了全年级第一，当时我都很诧异。老三念小学了，老师也说考得挺好，是班级前几名。那天，我非常高兴。我说，你们两个考得这么好，想要什么奖励呢？两个女孩说什么都不需要。我给了她们一人一个红包。我说你们要努力学习，要保持这股劲头，下次进步了还会有奖励。其实奖励不是目的，主要是让她们树立生活的信心，看到未来的希望。"

◎ 罗洪给帮扶家庭的两个孩子辅导功课

◎ 认真写作业的老三

　　胡小明说："'一方有难，八方支援'形成一种共识，形成一种优良的传统，凝聚成一种相互帮助的精神，也更能体现我们社会主义制度的优越性。

　　"政府现在非常重视教育，集中修建学校，加强了师资力量，帮扶单位也派出师资力量。这几年，教育短板也在不停地被补齐，还在前进，还在追赶。

　　"我们在村里修建幼儿园就是给他们创造条件，提供机会，将来能够进学校读更多的书，能够走出去，回来建设家乡，引导家乡，引领家乡。彝族的孩子特别聪明，记忆力特别好，脑子也非常灵活。只要能够让他们上正规学校去读书，成绩不会比外面的孩子差。我们坚信，再过一代或者两代人，这边贫穷的面貌肯定会被改变的。

　　"整个布拖县也开始将学前教育大量铺开，全州也铺开了。咱们的孩子从幼儿园开始就学普通话，就能够很好地跟小学阶段衔接起来，自然就对学习越来越有兴趣了。"

◎ 博作幼儿园教师正在给孩子上拼音启蒙课

◎ 胡小明与幼儿园小朋友交流

◎ 放学后准备回家的孩子对摄制组说再见

◎ 观看电影的男孩，眼里有光

　　"彝区脱贫攻坚的根本在于孩子，孩子才是真正的未来，才是希望。整个民族要发展都在孩子的身上，不是现在的我们。只要孩子成长了，孩子进步了，民族就发展了，我们一步跨千年的追赶就完全能实现。"

◎ 孩子们大声喊出"我想读书"

◎ 一群孩子呼喊着走出大山的梦想

最后一公里的决战

——记贵州省望谟县乐旺镇坡头村第一书记刘恭利

◎ 来自大山深处的眺望，层峦叠嶂，一重又一重

　　这是关于少数民族的壮丽画卷，也是在大山腹地与贫困作战的真实"战场"。刘恭利，是贵州省望谟县乐旺镇坡头村的第一书记。她是土家族人，果敢干练。易地搬迁的经历和责任，检验了她作为第一书记战胜贫困的决心、气魄和勇气。

　　坡头村地处黔西南州望谟大山腹地，属于喀斯特岩溶石漠化山区，地理位置偏僻，石头多，土地少。作为调研人员，这里给我们的第一印象就是没有路，到处都是石头。

　　可以想象这样一个场景：大山深处的村民，走过一座山，眼前又是另外一座山，走不出去。

脱贫前，村里的环境是让人惊愕的——全村 8 个村民小组，12 个自然寨，总人口 271 户 1 354 人，贫困人口 187 户，人均不到一亩地。

这里被国务院扶贫开发小组列为挂牌督战的深度贫困村，是望谟县五个挂牌督战村之一，也是望谟县脱贫攻坚重要战场。

为了彻底解决坡头村的贫困问题，打好脱贫攻坚的最后一公里决胜战，2019 年 8 月已在望谟县扶贫办任副主任的刘恭利被县里选派驻坡头村脱贫攻坚指挥部指挥长，带领大家攻克最后堡垒，彻底解决贫困问题。

刘恭利回忆起村里当初的境况："那个时候村里的生活很艰苦。就是水电不通，路也不通，自然寨和自然寨之间的路都没有。这个寨去那个寨一走就是几个小时。爬过一座山，又到另外一座山。爬完这个坡，又到另外一个坡。山连山，山套山，层层叠叠没有尽头。"

◎ 刘恭利接受采访

◎ 坡头村内，从前需要行走耗时不短的山路才能抵达另一个村小组

◎ 跋涉于深山之中的刘恭利与村民

◎ 坡头村民从前居住的木房、瓦房日久失修，残破不堪

　　"我第一次来坡头村是 2016 年的时候，当时坡头村的基础设施建设都还没有十分完善，主路都没有通，都是砂石或者石头的毛路。

　　"当时到茅草坪组的时候，人就走在悬崖边，脚下是只容一人通行的小路，走了大概有两个小时才来到寨子里面，很累又很困，我在一个老百姓家里的板凳上，坐着就睡着了。

　　"我们快一步，我们的老百姓就早一天脱贫，早一天过上好的生活，我们没有任何理由去拖延这件事情，也没有任何理由说不。因为我们坡头村的这个贫困程度很深，贫困面比较大，起步也比较晚，所以我们现在必须要跑步前进，不能拖也不能说我们不行，也不允许说不行。"

◎ 为了获得洁净的饮用水，村民不得不带上水桶到山中取泉水

◎ 一间村民旧屋内，墙上结满蛛网，物品铺满尘埃

◎ 村中老人面对生活的窘况难掩忧伤与无奈

◎ 物资匮乏，留守的村民至今仍在使用的焦痕遍布的烧水壶

◎ 凝视着山里，刘恭利暗下决心，无论如何都要将村民带离落后贫苦之地

怎么办？

走出去。

易地扶贫搬迁就是让村民走出去。只有这个办法能使贫困群众脱离贫困，扭转贫困局面。

"易地扶贫搬迁政策本来是让不宜居住地区的群众彻底摆脱贫困的国家扶贫政策，但在我们落实的过程中，老百姓首先是不理解，其次是不接受。开始时不仅排斥你，反感你，甚至有时会说一些很伤人的话。有的时候他会问你，你叫我们搬出去，骗我们搬出去，你们是不是搬一户要得几百块钱的提成奖励啊？"

困难真的很多，但即使这样，工作还是要继续。刘恭利和工作队员不仅要有细致的宣传工作方式、合理的工作方法，还要有被拒绝甚至被骂出门的思想准备。

刘恭利告诉摄制组："曾经有一位老人，就认为动员工作的目的就是想要他的房子，想要他的土地。他就认为我们把他骗出去，然后把他的土地收了，他的房子自然也没了。"

　　我们很难理解这种想法。但是，刘恭利清楚：这个老人对他的房子有感情，房子的木头是老人买的运的，整个房子就是他自己亲手盖的。有一次，刘恭利向他提起搬迁，老人还打了她，就用他的拐杖。因为老百姓故土难离，舍不得。祖祖辈辈都在这块土地上生活，舍不得离开这个地方。

　　"开始做动员工作的时候很难，因为他对这个政策持一种怀疑态度，担心我们把他动员搬出去了，他在这里的土地就被我们收回或是被没有搬出去的人占了，其次就是担心他的房子。他的祖产就是老一辈留下来的房子，会被拆掉，祖祖辈辈赖以生存的土地，现在突然没有了，心里不踏实。"

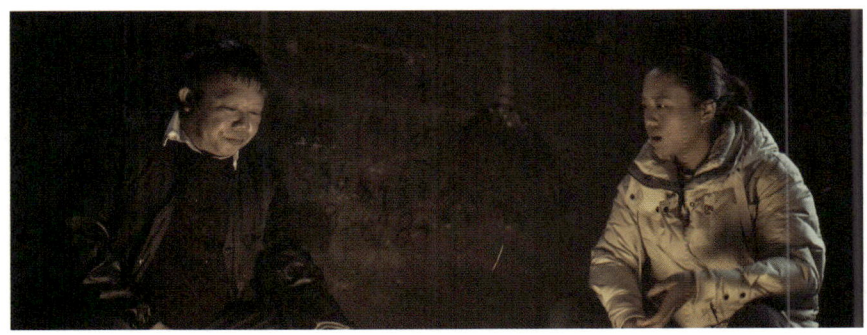

◎ 刘恭利正在劝说乡亲易地扶贫搬迁

◎ 擦拭传统牌位的乡亲

◎ 对村外生活既憧憬又忐忑的乡亲

　　"土地稳，农民的心才会稳定。土地，是农民的命根子。老百姓有各种想法是可以理解的，担心顾虑的很多。我们就家家户户做宣传，脱贫攻坚指挥部以及工作队给每家每户做动员工作，把脱贫攻坚、易地服务搬迁的政策详细地跟每一户讲解。"

　　刘恭利告诉摄制组："去每家每户做宣传的时候，我们驻村工作队经常工作到夜里，因为白天老百姓要做农活。只能晚上到他们家去。一次不行，两次不行，我们三次四次地去，就长期不断地去。然而，他们很多老百姓都有一种反感的态度——我们一到村口，他们看见我们过来，马上说，不要来了，我们不去不去，你们不要来了。就这样远远地看着我们说，很排斥。"

　　效果不好，刘恭利就经常组织队员开会，研究方法，寻找最好的解决问题的手段。

◎ 村内扶贫工作组会议，刘恭利给大家加油鼓劲

◎ 临近脱贫攻坚尾声，刘恭利让扶贫工作队员、主要村干部立下军令状，坚决完成任务

◎ 望谟县城易地扶贫搬迁安置区

◎ 安置区中的楼宇与小区井然有序

后来，大家决定分批次组织，把他们带到安置点去，安排专人陪同讲解，让他们提前了解搬迁以后的新房，参观周边的学校、医院等基础设施，还有社区服务。

眼见为实，拒绝搬迁的村民开始动摇。刘恭利也清楚，这一步，仅仅是一个途径，还要双管齐下——做贫困户孩子的思想工作。

　　"因为他们的孩子，特别是到外面读书的，他们能感受到外面环境不是深山里的这种情况；即使在这里发展，艰难的交通环境因素也会导致很难往外销售，所以自然限制了他们的发展。很多孩子，上了初中、高中或者是读大学，他们就知道外面的条件是好的。做孩子的工作，就是通过孩子自己的亲眼所见，亲身所感，让孩子去做父母的工作。所以我们都是带孩子去看学校，带家长去看房子，看医院。"

　　说到这里，刘恭利笑了。

　　摄制组还找到了已经在外地工作成家的腾丽丽女士，她接受了采访，谈起了过去的生活：

　　"以前我爸他们去做麻绳的生意，要走到隔壁县，回来就要两天的时间。有一次他赚了八毛钱，花了三天的时间，走了多少山路才赚了八毛钱。对于我爸来说，只要没亏，能挣八毛，他可能就觉得好。他还说，万一亏本的话，你就不知道要去哪找

◎ 腾国昌女儿腾丽丽诉说曾经的村中生活

本钱了，只要没亏本，钱还在的话。下次再继续嘛。

"我是小学毕业，来县城读初中的时候，第一次走出我们那个村，在那之前是从来没有出去过。我记得那天是爸爸送我到县城里面读书。第一次进县城的时候，我就觉得，哇，这些楼怎么那么高呀？是用什么做的？我就问爸爸，怎么那么多车呀？怎么那么多房子啊？而且这个房子是用什么做的？

"当时爸爸没有文化也不知道怎么跟我解释这件事情，就跟我说：'这些房子好不好？'我说：'好啊，太好了，这房子好漂亮。'他说：'你要好好努力读书，以后有知识了，就可以挣到很多的钱，买到这样的房子，在这个地方有自己的家。'感觉就是像神话一样，很羡慕很渴望能住在这样的房子里面，觉得做梦都不敢想象能住到这样的房子里。"

谈起这些往事，腾丽丽有着中国人特有的内心世界——藏起了自己的悲伤，尽力让自己的话不显得伤感。

◎ 易地扶贫搬迁前的一个晚上，刘恭利冒雨带领队伍疏导群众至安全地方暂避

　　就这样，带着对故土的眷恋和对新生活的向往，一些勇敢的家庭选择了搬迁。

　　"几家搬迁了，搬到外面条件好了，也会产生一种效应——他回来会帮我们宣传，这是最好的样板。确确实实，他的土地还在。"

　　打铁趁热，在同一时间，刘恭利带领工作队在村里开展土地确权的工作。确权了的土地，依然属于原所有者。这下老百姓放心了，土地还是自己的，搬出去以后条件真的好了，周边还可以解决他们就地就近务工的问题。

　　越来越多的人搬迁了。

　　在大家多方努力配合下，最终 157 户 823 人完成易地扶贫搬迁工作。

◎ 不少易地搬迁住户已入住安置区

◎ 坡头村开始整体搬迁

◎ 在大巴旁，刘恭利恭候即将过上好日子的乡亲们

但是，易地搬迁还远没有达到战胜贫困的目标。

"易地扶贫搬迁不能说搬完了就结束了。易地扶贫搬迁是解决贫困的一种手段，但真正的目的就是让他们能过得好，稳得住。这中间他们会有一个很长的习惯过程。比如说，搬到城市里就业、就医、就学这些问题，他们要慢慢适应。我们还要给他们提供保障。因为当初承诺的，我们就必须要兑现，不是搬完了，我们就不管了，这样肯定是不行的。"

　　虽然扶贫工作取得很大进展，但是部分特别贫困的村民仍未脱贫，贫困发生率仍处于 9.9% 的高位，这是客观存在的现实。

　　又一个任务摆在刘恭利的面前，在这最后一公里上，她不知已经承担了多少艰巨又难解决的任务。

　　但是，她不能退缩，她的身后，是信任她的一颗颗心，一双双眼睛。老百姓的生活和未来，系在刘恭利的身上。

◎ 乘坐大巴搬出深山的村民喜出望外

◎ 协助村民运送家当的车队浩浩荡荡地驶出深山

◎ 傍晚，望谟城区的千家万户亮起了灯光，这是属于城镇的生活

　　"以前我们工作队多次走访村寨，每家每户走访，征求他们的意见。因为他们老一辈人对这个地理环境很熟悉，作为农民，他们知道这里种什么合适。走访下来，群众对花椒种植倾向是很高的。老百姓每家都有自己种的花椒，但就是不成规模。我们开群众会，征求了大家的意见，大家都愿意种花椒。然后我们就带着村民到县里去学习、调查。查看了当地的地理条件，发现这个环境和我们村差不多，都是这种土层比较薄、石头也比较多的情况，但是他们的花椒长得很好。

　　"为了更科学、更可信、更有说服力，我们请了有关专家来我们村里调研，也聘请技术人员到我们村里查看，经过对村里环境、土质、气候等特点的综合分析，他们都表示这里很适合种植花椒。所以我们最终就确定种植花椒，并以'公司＋合作社＋贫困户＋基地'模式运营。2020年年初的时候，我们就动员老百姓参与进来。一个是用土地的入股参与我们合作社的，然后他们自己加入进来；一个是解决了他们的收入，也可以在自己的土地上就近务工。"

刘恭利告诉摄制组："2019 年 2 月底，就种植了 560 亩的花椒，带动了村里面的发展。但是摆在眼前的是：花椒种植 2~3 年才挂果。那中途这个 2~3 年时间干什么？难道就是等吗？当然不能，花椒栽在土地里面，老百姓是没有收益的。所以我们就鼓励他们，在他们自己的土地上种植其他豆科植物，比如黄豆，还有小辣椒、西红柿等，以后收成也是他们的。"

后来，摄制组了解到只此项目就带动了 99 户 469 人增加了收入。长效型的作物长期发展，配合短效型的作物临时栽种，让村民切实地增加了经济收入，并让土地有效地使用起来。就这样，村里慢慢地发展，慢慢地建设，产业规模逐渐成型了。

◎ 脱贫攻坚百日倒数，望谟县脱贫攻坚相关负责人进行集体宣誓

◎ 村民自豪地展示民族服饰

借助其他地方的优势资源来发展村里面的产业的同时，刘恭利还不忘做在外地打工的村民回乡创业的思想工作，让家乡的巨大变化吸引他们回乡创业。

"其实说心里话，我最希望的就是村民们能够认识我，认可我。不是说让他们知道我这人，而是认可我们来到村里是真心实意为村里办实事的用意。反正我就觉得我做的事情能让他们放心，我就很满足。老百姓能给你一种信任、认可，虽然很简单但我就觉得很值，心里面很满足、很感激。

"看起来是很简单的一句话、一种表述，但实际上是经过很多事情相处、磨合，深入到他们的生活，了解他们的难处，帮助他们解决困难，真心实意为他们做事，然后你才能得到这样的认可，这样的信任。"刘恭利脸上露出欣慰的笑容。

脱贫后，如今坡头村已经发生翻天覆地的变化，经过几年帮贫扶贫的辛勤努力，全村已通电，已实施通村公路 1.2 公里，通组公路硬化 19.295 公里，入户路 4.2 公里。之前能修建一条宽敞硬化路是一个寨子几代人的梦想。现在建有村级医务室 1 个，医务人员 2 人。饮水管道安装 5.5 公里，提灌水池 1 个 100 立方米，农户饮水池 8 个 1 000 立方米，实现安全饮水全覆盖。

截至 2021 年元旦，贵州省黔西南州望谟县坡头村全部脱贫。

"以前我们在动员群众搬迁的时候，做出承诺，我们今天搬出去就是为了明天能够更好地建设我们家乡。"

这一天，来了。

◎ 享受县城生活、欢快聚餐的腾国昌一家

◎ 购置新年用品的腾国昌

◎ 临近春节，李国琴四姊妹与妈妈一起逛街购物并留下这份幸福的记忆

◎ 刘恭利母亲家中的贺年窗花
——幸福对于她而言就是女儿的安康

　　"大多数人其实并不了解脱贫攻坚工作。有一句话，我觉得形容得特别生动，就是'脱贫攻坚，决战时刻'。这一句话其实很生动地描述了我们的脱贫攻坚工作，脱贫攻坚工作就是一场战争。

　　"国家投入了大量的资金、人力和物力。我们必须要跑完这最后一公里，完美地打赢这场仗。这是和贫穷的一场生死之战，也是一步跨千年之战，这就是我们国家最了不起的事情。几千年没有完成的事情，就让我们今天来做，处在这个伟大的时代，有幸参加这场战役，这是我的荣幸，一生的荣幸，也是我们400万'参战'人员的荣幸。我是这么认为的。'安得广厦千万间'，它有一种特殊的时代气魄，这个千秋伟业只有我们共产党人才能做到。今天，我们贵州，就是这一场贫困之战的尾声，我们必须拼了。我们不仅拼了，而且没有辜负大家的希望，我们拼赢了！"

◎ 刘恭利母亲翻看着相册，回想昔日的时光

◎ 刘恭利安抚因离别而伤心流泪的女儿

◎ 烟花绽放的瞬间，刘恭利和女儿脸上洋溢着幸福的笑容

脱贫攻坚的最后一公里，我们走完了。

这场没有硝烟的战争，我们胜利了。

奉

献

2020年，中国现行标准下9899万农村贫困人口全部脱贫。困扰千百年的绝对贫困问题得到了历史性的解决，中国创造了人类减贫史上的伟大奇迹！

8年来，从高原到戈壁，从平原到山丘，在这场人类历史上规模最大、力度最强的脱贫攻坚战的战场上，300多万名第一书记、驻村干部用自己的脚步丈量了祖国的山川河流，用自己的付出点亮了乡村未来的希望，用自己的青春抒写了家国梦想，用自己的坚持守护了山村孩子们的成长。

他们，谁不是为人子女，谁又无妻儿老小？

可就是他们，与你我一样的平凡人，用行动诠释了共产党人的初心和使命。

然而，他们中还有一些人，没有亲眼见证胜利的到来。

截至2020年底，共有1800多名扶贫干部牺牲在脱贫攻坚一线，将生命定格在了脱贫攻坚的战场上，长眠在那些他们为之奉献的田野和乡间。

◎ 不幸牺牲于扶贫路上的英雄们

这些扶贫"战士"的名字你可能从未听过，但他们的热血与青春，跋涉与牺牲，我们会记得：

黄文秀，广西壮族自治区百色市乐业县新化镇百坭村原驻村第一书记。

2019 年 6 月 17 日凌晨，黄文秀在回村部署抗洪的途中突遭山洪不幸因公殉职，年仅 30 岁。

◎ 黄文秀遗照

◎ 黄文秀生前遇上突发山洪时的记录（这是黄文秀生前手机传回的最后视频画面）

◎ 黄文秀与帮扶儿童合照

　　黄文秀生前曾说："百色是全国脱贫攻坚的主战场之一，也是我的家乡，我想为家乡建设出一份力。而且，党号召我们年轻人到基层建功立业，我是党员，就要积极响应党的号召。"

　　担任百坭村第一书记一年多的时间里，黄文秀帮村里实现了通路、通水、通电，并配置了电商服务站，大幅增加了农产品的销量，把希望带给了父老乡亲。

◎ 冯永成

冯永成，广东省肇庆市怀集县镇武村原驻村第一书记。

2019 年 10 月 8 日下午，冯永成因病去世，年仅 43 岁。

冯永成曾说过："我本来就是一名土生土长的农村人，村庄田野养育了我，党组织培养了我，作为党员，我不能在乡亲们需要我的时候视而不见。"

担任第一书记期间，冯永成让教育扶贫、产业致富深入人心。在他和驻村工作队员帮扶的 5 个村子里，仅教育帮扶就已让 41 名贫困户子女得以返校继续完成学业。

◎ 文伟红遗照

◎ 文伟红父母

文伟红，贵州省铜仁市沿河县中寨乡大坪村原驻村第一书记。

2019 年 7 月 22 日下午，文伟红因公意外触电身亡，年仅 45 岁。

文伟红生前曾在一封"家书"中写道："爸妈，上级已经下达了'战斗'任务，这一场'战斗'必定胜利，在两年之内全面结束。当前，各项工作已步入正轨，我已经看到了胜利的曙光！我作为一线'战斗员'，深知驻村工作的艰苦，但你们也要对儿子有信心，我一定不会辜负上级领导的期望，坚决完成战斗任务。"

◎ 王新法与村民在一起开怀畅聊

◎ 王新法为薛家村修建桥梁做准备时的留影

王新法，退役老兵义务扶贫，被村民推选为湖南省常德市石门县南北镇薛家村名誉村主任。

2017年2月23日下午，王新法因过度劳累，突发心梗去世，时年64岁。

王新法生前接受采访时曾说："这么干，你们图的是什么？我想用我们做过的事告诉大家，因为我们是有信仰的共产党人。"

请记住这些名字：

王秋婷，在云南省大关县天星镇打瓦村驻村工作中，因车祸不幸殉职，年仅 26 岁。

◎ 王秋婷

杨正清，在走访贵州省余庆县龙溪镇小河村贫困户途中因车祸不幸殉职，时年 52 岁。

◎ 杨正清

　　曾翙翔，在安徽省宿州市埇桥区支河乡路湖村扶贫中，因排查灾情触电不幸殉职，年仅 29 岁。

◎ 曾翙翔

　　王新杰，在山东省菏泽市单县黄岗镇柴庄村扶贫工作中，因突发心脏病去世，时年 51 岁。

◎ 王新杰

　　曾红梅，在湖南省娄底市新化县科头乡扶贫工作中，因脑出血不幸殉职，时年 47 岁。

◎ 曾红梅

　　龙俊，在湖南省张家界市慈利县高桥镇阳坪村驻村工作中，因公殉职，时年 58 岁。

◎ 龙俊

还有 23 岁的樊贞子，28 岁的吴应谱，46 岁的姜仕坤，56 岁的黄诗燕……

在我们的记录中，感人的故事令我们震撼，也让我们心痛。请原谅我们无法一一展现，但他们，这些和平时代的英雄，永远长存在我们的心中。他们的故事不会随着脱贫而消失，他们的名字值得永远铭记与缅怀。

如果有一天，当我们的孩子问我们今天这些美好从何而来的时候，我们可以告诉他们这些奉献的故事，激励他们去抒写属于自己的家国诗篇。

心

声

　　第一书记，不仅仅是一个职务和位置。对于帮扶对象和贫困户而言，在他们的心里，"第一书记"是能为他们解决困难，能为他们解决问题的"救命人"。有困难找"第一书记"已根植在基层老百姓的意识里。无论是道路、供水、供电等基础设施修建，还是义务教育、基本医疗、住房安全等民生福利的保障，驻村第一书记们把村民过去期盼的美好生活一一化为现实，拔除了曾经缠绕在群众心头的绝望与无助，重新点燃了大家共同建设美好家园的激情与希望。

　　在全国多个省份贫困地区的调研工作过程中，摄制组采访了上百名群众，收录了当地群众的口述独白。这些朴实、真挚的话语涵盖了时代变迁的记忆，浓缩了对帮扶工作的感激，饱含了对未来生活的向往与憧憬。

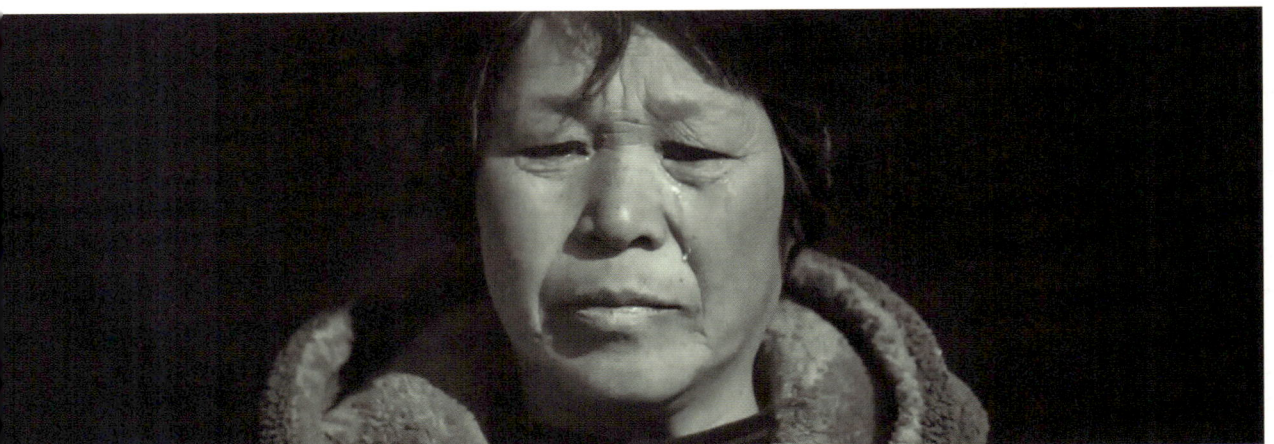

◎ 提起过往经历，受访者不禁流下眼泪

　　我们选择了其中一部分话语呈现在大家面前，在这些质朴又蕴含着深情的只言片语中，重温"第一书记"和村民们"携手并肩，共同奋斗"的动情时刻；重温"改革创新，攻坚克难"的时代精神；重温脱贫攻坚一路走来的光荣征程。

西藏自治区日喀则市定日县尼辖乡宗措村村民索朗

◎ 索朗

　　刚开始的时候，我们村里的人无论是村民还是村"两委"班子都对合作社没什么信心。旺青罗布不停地来教育说服引导，大伙甚至觉得有点烦，后来仔细一想，他说得很有道理，是真真正正为老百姓着想，能切实增加收入，我也把自己的砖厂放在一边，和大家一起成立了合作社。现在合作社也发展得很好，回想起当时他不厌其烦地向我们讲述成立合作社能给我们带来的好处，他真的用心良苦。

　　对我来说，成立合作社后，我在大家心目中位置更高了，这也是离不开旺青书记一直以来的帮助，就想真诚地对他说声谢谢。

　　在一起工作两年多的时间里，他真诚、善良，我从内心深处觉得旺青书记真是好样的，为什么这么说呢？一是我们能有现在的成绩，56户全部实现脱贫摘帽，这些都离不开他长期以来的思想教育；二是2019年3月16日，我们成立的合作社离不开他教育引导我们每一个人，鼓励每一个贫困户要靠自己的双手脱贫致富。

　　之前由于没有信心和底气，心里会不踏实，但是随着一步一个脚印地走过来，我们就再也没有丢失过信心，现在我们更没有理由丢失信心了。现在无论是群众的分红，还是合作社工作人员的工资等，有了各级的支持和自己的努力，都觉得问题不大了。

广东省阳江市阳春市三甲镇新坡村村民刘水行

◎ 刘水行

　　感谢扶贫工作队的支持和指导，希望以后我们的公司以及整个村子发展得越来越好，大家多带一点人到村里来，看一下这里的山山水水，品尝一下我们的农产品。

　　特别是在第一书记的带领下，村里的个人收入、家庭收入一直在提高，大家的生活越来越好，一起富起来。如果只是一个人或者一小部分人富起来，那意义不大；只有每个人都有希望，形成一种积极的氛围，互相带动，大家好才是真的好。

河南省周口市西华县东夏亭镇陈营乡孙庄村村民李二磊

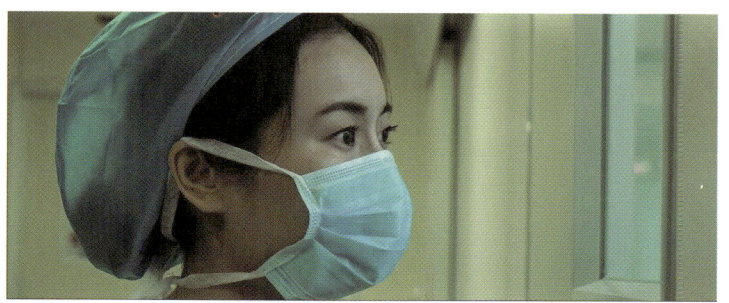

◎ 等待李二磊手术结果的秦倩（时任河南省孙庄村第一书记）

过去，我只能躺在床上，生活都不能自理，对人生是不敢抱有希望的。感谢秦书记联系医院给我治病，赐予我第二次生命，等我结婚的时候一定要请她过来见证婚礼。现在，我就想把自己的事业做好，之后就可以像她一样有能力帮助更多的人。

河南省周口市西华县东夏亭镇陈营乡孙庄村村民赵小变

◎ 赵小变

在家门口上班，方便，能够照顾老人和小孩。别人去干活，我也想去干活。

黑龙江省齐齐哈尔市拜泉县上升乡上升村村民王圣武

◎ 王圣武

给老百姓带来了实惠，全村人都喜欢他们，有啥事都跟他们说。

黑龙江省齐齐哈尔市拜泉县上升乡上升村村民倪振辉

◎ 倪振辉

四任第一书记工作都很认真负责，特别是对于援建的工程项目，每天都紧紧盯着这些施工单位作业。之前修路的时候，一看用的水泥沙子比例不对，就马上让他们停工，重新整修。现在村子变化老大了，路灯、屯道、桥头都给整板正了，从前晴天是土路、雨天是泥路的"水泥路"都没了，再也不用在下雨天背孩子上学了！

四川省凉山彝族自治州布拖县觉撒乡博作村村民苏呷次拉

◎ 苏呷次拉

他（胡书记）来了，就给我们办了两所幼儿园，之前都没有这个条件。

贵州省黔西南布依族苗族自治州望谟县乐旺镇坡头村村民腾国昌

◎ 腾国昌

以前这里的条件很差，要到山里挑水，路也不好走，到镇上卖麻绳来回得要 3 天，4 两麻绳也只能卖 1 元 4 毛钱。

恨是恨这个地方，但是走不出去呀！

现在生活变了样，芝麻开花节节高，一辈比一辈过得更好，一年比一年过得更好，有喜事请客还能摆上 10 桌。

贵州省铜仁市沿河县中寨乡大坪村村民崔素英

◎崔素英

（我把）他当我的儿啊，我的文（伟红）书记，我舍不得他，他对我太好了。

贵州省铜仁市沿河县中寨乡大坪村村民田维英

◎ 田维英

（文伟红）对我们这些老年人，当他的父母亲一样担（关）心。

贵州省铜仁市沿河县中寨乡大坪村村民张信龙

◎ 张信龙

他（文伟红）对每个人都好。

广东省肇庆市怀集县梁村镇镇武村村民李倩倩

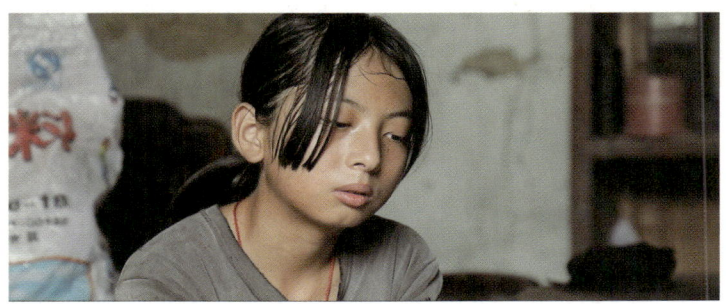

◎ 冯永成生前帮扶对象李倩倩

冯伯伯（冯永成）说，能读上书才是最好的前途。

广东省肇庆市怀集县梁村镇镇武村原驻村
第一书记冯永成的儿子冯宽远

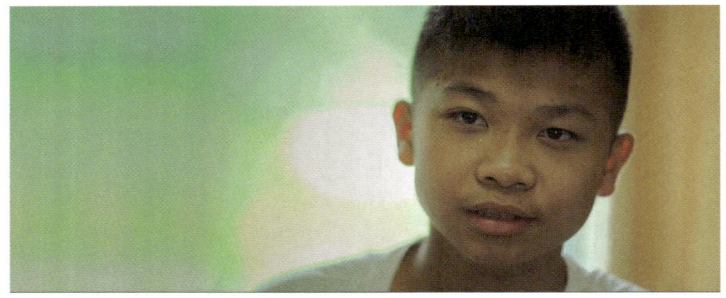

◎ 冯宽远

◎ 冯永成生前与儿子的生活留影

　　"想过很多种可能，假如（爸爸）走了，怎么
办？他（爸爸）毕竟是顶梁柱嘛，我自己会坚强，
读好书，照顾好家庭，将父亲的精神传承下去。"

　　孩子，你父亲的精神一定会传承下去，还会有
千千万万与你父亲一样的新第一书记来到这个岗
位，去影响更多的人，去带动更多的人，不断战胜
前进道路上的艰难险阻，不断满足人民对美好生活
的向往！

　　"第一书记"的事迹已经证明：只要我们坚持党的领导、坚定走中国特色社会主义道路，就一定能够办成更多像脱贫攻坚这样的大事难事，不断从胜利走向新的胜利！

　　同样，脱贫摘帽不是终点，是新生活新奋斗的起点。

　　乡村振兴一定会托举起更加美好的未来。

　　第一书记们又出发了。

　　乘势而上、再接再厉、接续奋斗。赓续传承我们伟大的民族精神和时代精神，继续彰显中国精神、中国价值和中国力量。

　　读者朋友们，让我们一起携手，把全面建设社会主义现代化国家的宏伟蓝图一步步变成现实！

后 记

2020 年底，新华社全媒编辑中心推出了系列微纪录片《第一书记》，每集播放量上千万次，创造了新华社客户端的播放纪录，成为那一年的"爆款"。该系列微纪录片荣膺北京国际网络电影展"光年杯"奖，获评"建党百周年公益影片"。

在系列微纪录片《第一书记》创作之初，摄制组所搜集整理的故事超过 1 000 个。经过忍痛取舍，最后播出的只有六集。

本书将六集中的五集人物篇汇编成文，通过文字与图片相结合的形式，将影像中未能呈现出的部分呈现在读者面前。

文字，有独特的想象空间和情感力量。在写作本书时，我们在叙述的基础上，也尽力保留了该系列片的特质：跋山涉水的辛苦、分红大会的笑容、粮食被扶起的欣慰，还有易地搬迁的欢喜……这些故事的发生地，或许离我们很远，却又能带给读者最近的冲击。

感谢第一书记们，让我们有机会成为脱贫攻坚战的记录者，这是身为中国人的骄傲，也是作为影视工作者的光荣。有人怀疑扶贫干部只是为了镀金拿荣誉。面对这种质疑，我们想说，他们的一举一动，我们都看在眼里。那些曾经荒芜的土地，那些危险破败的房屋，那些渴盼改变的面孔……都是第一书记们战斗的地方。在第一书记们眼里，荣誉、晋升，又或者其他虚荣，跟老百姓相比，都不值一提。

作为系列纪录片的主创，我们深知，想打动人心，打动观众，最先被触动的一定也是我们自己。

在写作的过程中，回顾那些日子，其实不止一次在心里泛起涟漪；回想每一个与第一书记们共同奋斗的日夜，不止一次感叹"英雄出自平凡"，他们就在我们身边。

感谢摄制组的无私付出，甚至不顾安危。在大凉山，山路挂在峭壁上，没有栏杆，旁边就是悬崖。摄制组的车在盘山路上遭遇泥石流，本就狭窄危险的山路被砸出大坑。执行导演单飞不慎跌落，摔伤了膝盖和鼻骨。可他说的第一句话是："设备没坏吧？"在单飞的要求下，他坐着轮椅，坚持继续拍摄；因为漏拍了一个理想中的镜头，单飞又摇着轮椅返回村子，直到拍到满意镜头才被摄制组抬走。在宗措村拍摄时，正赶上小羊的出生。摄影师们跟着书记一起等待新生命的到来。天太冷，摄影师也把自己的衣服脱下来，给新生命多一分护佑。摄制组强忍着高原反应带来的身体不适，拍出了旺青罗布书记带领全村发展产业、脱贫致富的"跨越"故事。

感谢出版社在写作此书过程中所给予的支持与帮助。为了出版本书，广东高等教育出版社投入了许多精力。他们的工作热情，以及对读者负责的态度，令我们敬佩，再次由衷地表示感谢。

最后，我们借由影片中的一句话告诉读者朋友们创作与书写本书的初心："如果有一天，孩子问我们这些美好从何而来，我们可以告诉他们这些关于奉献的故事。"告诉他们，被人民铭记的丰碑，并不是工匠镌刻出来的，而是这些平凡的共产党员，坚守着自己的初心和信仰，用自己的心血和担当浇灌出来的。

任杰　胡滨

2022 年夏